PIECES
FUGITIVES,

DÉDIÉES

AUX MANES DE LE KAIN.

PIECES
FUGITIVES

SUR

LA CARRIERE DU THÉATRE

ET

SUR CELLE DES LETTRES,

DÉDIÉES

AUX MANES DE LE KAIN.

Par ALEXANDRE.

A AMSTERDAM,

Et se trouve à P A R I S ,

Chez MOUREAU , Libraire, rue Dauphine, près
celle Christine, au Grand Voltaire.

1779.

FRAGMENS

D'UNE LETTRE A MON COUSIN,

Pour servir de Préface à ces Pieces fugitives.

Tu le sais, mon ami, la vaine gloire de me voir imprimé n'a point séduit ma jeuneffe en publiant ces faibles effais. Le plaifir de rendre la Capitale témoin de l'hommage que j'offre aux talens, m'y a déterminé. Il eft fi doux pour une ame reconnaiffante de s'épancher à tous les yeux! La médiocrité de ces Epîtres jetta long-temps mon éfprit dans l'irréfolution; ma fenfibilité l'emporta, & je facrifiai ma gloire à la fatisfaction de mon cœur; j'ai le courage de m'expofer aux fureurs de la critique, pour avoir la douceur d'encenfer publiquement ce que j'honorais en filence. Je ne

A iij

prétends point aux éloges des hommes qui cultivent les Lettres ; ils verront mes fautes & les condamneront, sans penser au noble motif qui m'a pu résoudre à me dévouer à leurs traits. J'ose aspirer à l'estime des gens honnêtes qui pardonneront à ma faiblesse en faveur de mes intentions : le tribut d'une ame ardente offert à des talens qu'elle idolâtre ne leur sera point indifférent ; ils m'accorderont le titre d'homme sensible, en me refusant le nom de Poëte que je ne mérite point. Si la fatalité attache à ce titre glorieux l'envie, les dégoûts, la haine, les tracasseries, je ne veux le mériter jamais. C'est d'après mes observations sur le Peuple de Littérateurs qui se déchire ignominieusement à Paris, que je dis hardiment ma pensée ! les charmes de l'étude semblent les aigrir plutôt que de les humaniser. Ce ne sont que des traits lancés de part & d'autre ; l'impuissance de créer ; l'orgueil de primer, rendent l'acharnement perpétuel & la fureur d'écrire invincible. Qui dirait qu'un jeune homme sans envie & peu digne de l'exciter n'est pas cependant à l'abri de leurs traits, s'il ose se livrer aux transports de son cœur & confier au papier ses naïves productions ? Je l'ai éprouvé ; j'en suis un exemple. Arrivé dans la Capitale, la République des Lettres m'épouvanta , elle ne m'en dégoûta point ; les Muses ont trop de douceur , malgré les maux qu'elles entraînent. Je renonçai cependant à l'orgueil d'entrer dans la lice , & je me contentai de visiter en secret les neuf Sœurs & de faire quelques offrandes à ces consolantes Divinités. Un de mes opuscules fut connu ; il n'avait point encore eu l'honneur de l'impression : il n'était pour ainsi dire point éclos, qu'il me causa des peines. On me le disputa ; mon esprit ne faisait point une grande perte, mais mon cœur fut indigné & réclama ses prémices. Contrefait ou non, je voulus qu'on me laissât mon enfant. Il n'est pas cependant si extraordinairement disgracié de la nature, puisqu'on a bien voulu faire son éloge dans les Journaux. Je l'associe aujourd'hui à ses freres , & je les présente ensemble au Public. Je leur souhaite un sort plus heureux que celui de leur jeune pere. Il n'a connu les hommes que pour les fuir. Il croyait à l'amitié, à l'humanité, à la vertu, il n'a vu que la politique & la haine habiles à se couvrir de leurs masques. Il faut des tons, des dehors, du brillant pour percer, & il n'a qu'un cœur. Il ne sera donc jamais rien ? Il se consolera. Il y a tant d'honnêtes gens qui lui ressemblent : peut-être lui tendra-t-on une main protectrice ; alors il publiera fa reconnaiffance . . .

. . . .

Je fus hier au Théâtre Français ; ô mon ami, qu'elle était belle ! Ici je puis dire mon fentiment avec moins de crainte : en avouant ma faibleffe en Littérature , j'ofe me croire moins inexpert dans l'art de la déclamation. C'eft le principal objet de mes travaux , c'eft celui qui m'infpira la hardieffe de cultiver les Lettres. A force de répéter les rôles fublimes de nos Maîtres , j'eus l'audace de former un plan & je fis des fcènes. Bientôt le plaifir d'écrire fut un befoin pour mon ame. Il faut actuellement partager mes inftans entre l'étude de l'art des Voltaire & des le Kain. C'eft à quoi je m'occupe fans ceffe dans ma folitude. Voilà mon excufe à tes reproches éternels. Ne me nomme plus myfantrope, négligent, ami frivole ; je ne mérite aucunes de ces épithetes. Ma myfantropie apparente n'eft que l'amour extrême des beaux arts ; & ma négligence envers l'amitié n'eft qu'imaginaire , puifque, loin de l'oublier , je lui adreffe des lettres qui ne finiffent pas. Si j'avais plus de temps , pour te punir de tes injures , je prolongerais mon verbiage une heure encore ; mais Guftave m'attend. Adieu.

O D E

A MONSEIGNEUR LE MARÉCHAL

DE RICHELIEU.

Veux-tu remplir les airs des accens de la guerre,
Ou chanter les beaux arts que le monde révere ?
Muse, il est temps, choisis la lyre ou le clairon.
De ce double laurier veux-tu ceindre ta tête ?
     Célebre la conquête
Et les vers immortels du Vainqueur de Mahon.

Je l'ai vu ce Héros, environné de gloire,
Sur la brêche fumante, enchaîner la Victoire,
D'un front calme & superbe affronter mille morts.
J'ai vu son bras sanglant déposer le tonnerre,
     Et montrer à la terre,
Les fruits que le Permesse étale sur ses bords.

Loin de moi ces Guerriers dont l'audace effrénée,
Engloutit dans le sang les tréfors de l'année,
Pour le féroce orgueil de braver les hafards.
Gloire au Triomphateur qui, vengeant la Patrie,
                Unit fans barbarie
La couronne civique à la palme des arts.

L'illuftre Richelieu nous offre ce grand homme,
Aux plus grands défenfeurs de Carthage & de Rome,
Sa bravoure & fon cœur l'égalent à jamais.
Au Parnaffe, à Delos, dans les champs de Bellone,
                De fa triple couronne,
Il mérita l'hommage aux regards des Français.

La foudre eft dans les airs, la France eft en alarmes,
Le démon des combats fait retentir les armes.
La mort va s'arrêter fur le palais des Rois.
Nos Soldats ont frémi ; Richelieu les raffemble ;
                Il vient, l'ennemi tremble ;
Et les tours de Mahon s'écroulent à fa voix.

Neptune épouvanté, recule dans son onde,
Tout retrace, en tombant, les ruines du monde.
On lance le trépas de cent bouches d'airain;
Le salpêtre enflammé roulant dans l'étendue,
                    S'éleve dans la nue,
Gronde, embrâse l'Olympe, & retombe soudain.

L'ennemi consterné s'humilie & s'abaisse.
Les Français réunis, dans leurs chants d'allégresse,
Font briller dans les airs les glaives meurtriers.
Le Vainqueur attendri fait arrêter la foudre;
                    Et dans ces murs en poudre,
A l'aspect des Soldats, pleure sur ses lauriers.

O vous qui, dans les camps, plus féroces que braves,
Traitez les citoyens comme un peuple d'esclaves,
Dans cet exemple auguste admirez la valeur!
La rage ni l'orgueil n'en forment point l'essence.
                    La force & la clémence
Sont le seul héroïsme & le prix du Vainqueur.

ÉPITRE

A MADAME

VESTRIS.

Toi qui de Gabrielle aux larmes condamnée,
Offris à nos regards la triste destinée,
Toi, dont l'ame inventa par un tragique effort,
Le sublime effrayant des combats de la mort ;
Dévoile-moi ton art, ton secret, ta magie.
Quel rayon créateur, quelle vive énergie,
Dans mon cœur ébranlé s'éleve à tes accens !
Par un charme inconnu tu regnes sur mes sens.
Tu parais, c'est Électre, Idamé, Zénobie,
Je ne vois plus Vestris, & mon ame attendrie,
Se livre, s'abandonne au charme de ta voix,
Suit ton illusion, ton empire, tes loix.
Quelle force intrépide aux yeux de ce Tartare,
Que ta fierté repousse & que l'amour égare !

Quel abandon fublime entraîne mes efprits ;
Quand tu crains pour ton Roi, quand tu crains pour
        ton fils :
De ton fein maternel j'éprouve le murmure ;
Le triomphe de l'art me rend à la nature :
J'entends fon cri terrible, il déchire mon cœur.
L'efpérance, l'effroi, la pitié, la terreur,
Tous les coups , tous les traits , & l'amour & la
        haine,
De ton ame brûlante ont paffé dans la mienne :
Ici la douce paix brille dans ton regard.
Là, terrible, effrayante, agitant le poignard
Qu'a remis en tes mains la tragique Déeffe,
Mon œil lit fur ton front fa fureur vengereffe.
Ainfi des paffions les fentimens cruels,
A ton ordre affervis vont frapper les mortels.
Telle au faîte du mont que Phœbus idolâtre,
Ta rivale, ta fœur, la Reine du Théâtre,
Melpomene, au milieu des fceptres, des flambeaux,
De la nuit de la tombe évoque les Héros,
Exalte les vertus, tonne contre les crimes,
Entr'ouvre le Tartare , ou ferme les abîmes ;
Telle aux bois d'Idalie une Divinité
A qui cet univers doit fa félicité,

Par l'attrait séducteur de son aimable empire,
Dicte ses douces loix à tout ce qui respire.
Prothée ingénieux, dont les charmes divers,
Des Maîtres de la Scène ont ennobli les vers;
Toi, dont le nom célebre au temple de mémoire,
Est inscrit à jamais par les mains de la gloire;
Dévoile-moi ton art, je le répete encor.
Vestris, en t'admirant, mon ame a pris l'essor.
Tu m'inspiras l'orgueil de voler sur la Scène,
J'adorai le Théâtre en voyant Melpomene:
Elle fecondera mes vœux impatiens.
Laisse tomber sur moi du trône des talens,
De ton feu créateur une faible étincelle,
Jette un regard sur moi, ma gloire est immortelle.
Oui, mon ame s'enflamme au seul nom de Vestris.
Des Dieux de l'univers je parcours les écrits;
Mais qu'ai-je lu? grands Dieux! Electre, Iphigénie...
Mon courage est flétri, ma force anéantie.
Là, me dis-je en moi-même, une Déesse en pleurs,
D'Eriphile outragée exprimait les douleurs;
Ici, fuyant les cris & les fureurs d'un spectre,
Elle offrait à nos yeux la malheureuse Electre:
Moi, marcher sur ses pas! eh! quel est mon pouvoir?
La Reine des talens en est le désespoir.....

Qu'ai-je dit? Non , mon cœur veut épurer sa flâme
Aux semences de feux que recele ton ame,
Des guides tels que toi sont rares en ce jour.
   Les organes sacrés de la céleste cour,
Disparaissent hélas! dans la nuit de la tombe
Sous la faux du trépas le grand homme* succombe.
Il expire, il n'est plus; & Melpomene en deuil,
De ses larmes de sang arrose son cercueil ;
A jamais descendu dans les royaumes sombres,
Assis près des Voltaire, il enchante les ombres.
Il leur fait éprouver par de nobles efforts ,
La pitié, la tendresse inconnue à ces bords.
Souvent je crois le voir au milieu des ténebres
Errer, les yeux en pleurs, avec des cris funebres.
Il demande Zaïre, il poursuit Idamé ,
Des tourmens de l'amour il paraît consumé...
Le jour vient, mon bonheur fuit sur l'aîle des songes;
Que dis-je? mes plaisirs ne sont point des mensonges.
Pourquoi m'anéantir sous le poids des douleurs?
Melpomene a tari la source de ses pleurs.
Enfin elle a quitté l'auguste mausolée :
Dans les bras de Vestris, la Muse est consolée :

---

* Le Kain.

C'eſt aſſez contempler les horreurs de la mort.
Si l'homme eſt au tombeau, le talent vit encor.
C'eſt en toi qu'il reſpire, ornement de la Scène.
Parais ſouvent aux yeux des Peuples de la Seine :
Ton art fait ſuccéder par ſes brillans ſuccès,
Les larmes de l'amour aux larmes des regrets.
Tu pleuras ton rival.... exempt de jalouſie,
Le génie en tout temps adora le génie.

FRAGMENS

FRAGMENS
D'UN DISCOURS
SUR L'ENVIE.

Parmi tous les fléaux que l'Enfer en colere
Pour le malheur du monde a vomi sur la terre,
Le plus impitoyable & le plus odieux,
C'est le monstre au front pâle, au regard ténébreux,
Assemblage d'orgueil, d'infamie & de haines :
Ses armes sont le fiel qui roule dans ses veines.
Le bonheur des Mortels, objet de son tourment,
Est de ses noirs chagrins l'éternel aliment.
L'image du repos l'afflige & l'importune :
On le voit aux Palais où regne la fortune,
Promener tristement son œil sombre & jaloux.
On le voit désunir les amans, les époux ;
Et par l'affreux détour de ses moyens fertiles,
Détruire, empoisonner la paix des cœurs tranquiles.
C'est au séjour des Arts par la gloire habité,

B

Que ce monftre farouche eft le plus irrité :
Il faut qu'il y répande un fiel qui le dévore.
Le talent immortel qui nous rappelle encore
Du Théâtre français la gloire & la fplendeur
De fes affreux complots éprouve la noirceur ;
Il fut toujours en butte aux fureurs de l'Envie.
On prétend, mais en vain, par la brigue ennemie,
Obfcurcir fon triomphe & flétrir fes lauriers.

. . . .

La médiocrité dans fes vœux impuiffans
Seule, ofe dégrader l'empire des talens.

. . . .

Lorfqu'un ferpent jaloux à replis tortueux,
S'agite au pied du cedre élancé dans les Cieux ;
L'arbre fuperbe ignore au féjour du tonnerre,
Si ce reptile impur lui déclare la guerre.

. . . .

O toi, qui du cothurne obfervant la grandeur,
Etudias ton art dans les replis du cœur ;
Toi, qui des paffions nous retraçant l'orage,
Exprimais d'un coup-d'œil la tendreffe ou la rage ;
Qui foumettant toujours la nature à tes loix,
A chaque fentiment fçus prêter une voix ;
Et d'un accent flatteur, ou fuperbe ou fonore,

Fis parler Manlius, Rhadamifte, ou Zamore :
O de la fcène antique, augufte Majefté !
Il n'eft plus qu'un rayon de ta vive clarté,
Et ce rayon brillant au milieu de l'orage,
Des monftres de la nuit éprouve encor l'outrage.
Mais qui pourra jamais en ternir la fplendeur ?
Jouis de tes lauriers ! jouis de ton bonheur !
Chaque jour ta couronne eft encore embellie ;
La France unit le myrthe aux palmes du génie,
Pour en parer ton front où regne la candeur :
En admirant ta gloire, on adore ton cœur ;
Afyle précieux des vertus fociales,
Jamais il ne s'ouvrit à fes brigues fatales,
Que la haine enfanta par d'indignes refforts ;
Il triompha fans crime, il regne fans remords.

I D Y L L E.

Déjà le Dieu de la lumiere,
Mêlait ses rayons éclatans,
Au verd des coudriers & des myrthes naissans,
Qui de l'heureux Myrtile entouraient la chaumiere.
Déja les zéphirs du matin
D'un doux frémissement agitaient la feuillée;
Sur la plaine on voyait un ciel pur & serein :
Une mer de brouillards inondait la vallée.
Ces chênes verdoyans, ces pins audacieux,
Dont les pompeux rameaux se cachent dans les cieux;
Les hameaux suspendus au sommet des montagnes,
A travers ces flots nébuleux
S'élevaient du sein des campagnes.
Les arbres courbés sous les fruits
Dans ce champêtre asyle offraient à l'œil surpris
Un mélange éclatant de pourpre & de verdure,
Et ces vives couleurs que la riante Iris
Etale dans les airs parsemés de rubis.

Myrtile pénétré d'une volupté pure,
Promenait ses regards sur toute la nature ;
L'aspect de ses moissons, ces pampres, ces vergers.
Le son des chalumeaux, la gaîté des Bergers,
Des palmiers qu'arrosait une source argentée,
Le ramage brillant de mille oiseaux divers,

    Qui se poursuivaient dans les airs,

    Et se perdaient dans la nuée ;

Tout remplissait Myrtile, heureux au fond des bois,
De plaisirs inconnus aux esclaves des Rois.
Dans un calme profond, son ame ensevelie,
Exhala tout à coup sa joie & ses transports :
Bienfaiteur immortel qui nous donnez la vie,
O Dieu ! s'écria-t-il, inspirez mes accords.
Heureux qui dans les champs, loin du fracas des villes

    Et du tumulte des grandeurs,

Des mortels ignoré, coule des jours tranquiles
Dans le sein du repos, des vertus & des mœurs.
Pour lui le siecle d'or n'est point une chmere,
Il jouit de la vie, en faisant des heureux,

    Et goûte le bonheur des Dieux,

    En les imitant sur la terre.

  Le bêlement de ses tendres agneaux,

    La sérénité de l'aurore,

L'appellent chaque jour à des plaiſirs nouveaux ;
Et quand la nuit paraît, la nuit le trouve encore
    Heureux dans les bras du repos.
Jamais aucun ſouci, dans ce bois ſolitaire,
Vint-il troubler ma joie & ma tranquilité,
    Qu'un ſourire de ma Bergere,
N'ait ramené la paix dans mon cœur agité ?
Vous qui m'offrez les traits de mon Éléonore,
Et qui mettez le comble à ma félicité,
    O mes enfans ! quelle Divinité
    Prit ſoin d'embellir votre aurore ?
Je vois briller en vous ſes modeſtes appas ;
Tel eſt ſon air, ſa voix, ſon doux ſourire.
    Alcidonis, Chloé, Thémire,
Venez tous, mes enfans, accourez dans mes bras....
Ils volent tous les trois : un panier ſur la tête,
    Éléonore au même inſtant paraît.
    Au ſpectacle heureux qui s'apprête,
    Elle ſourit, & Myrtile ſe tait.
Épouſe aimable, encor plus tendre mere,
    Sa joie éclate en s'épanchant.
Myrtile !.. Éléonore !.. ô doux raviſſement !
Il eſt..... il eſt encor des heureux ſur la terre.

F I N.